KB236326

흑과부

어르신 이야기책 _305 긴글

흑과부

초판 1쇄 발행일 2018년 3월 9일

지은이 박완서
그린이 김영희
펴낸이 이원중

펴낸곳 지성사 **출판등록일** 1993년 12월 9일 **등록번호** 제10-916호
주소 (03408) 서울시 은평구 진흥로1길 4(역촌동 42-13) 2층
전화 (02) 335-5494 **팩스** (02) 335-5496
홈페이지 지성사. 한국 | www.jisungsa.co.kr **이메일** jisungsa@hanmail.net

ⓒ 박완서 · 김영희, 2018

ISBN 978-89-7889-373-2 (04810)
         978-89-7889-349-7 (세트)

잘못된 책은 바꾸어 드립니다. 책값은 뒤표지에 있습니다.

이 도서의 국립중앙도서관 출판예정도서목록(CIP)은 서지정보유통지원시스템 홈페이지
(http://seoji. nl. go. kr)와 국가자료공동목록시스템(http://www. nl. go. kr/kolisnet)에서
이용하실 수 있습니다. (CIP제어번호: CIP2018006014)

흑과부

박완서 글 · 김영희 그림

지성사

"엄마, 흑과부 남편이 죽었대."

밖에서 놀다가 어디서 그 말을 듣고 급히 뛰어들어온 듯

막내는 숨을 헐떡이고 있었고 심각하고 어른스러운

표정을 하고 있었다.

아이들이란 길에서 영구차를 보고도 그런 표정을 할

때가 있다.

"저런, 그럼 흑과부가 진(眞)과부가 됐겠네."

나는 가볍게 대꾸했다. 그리고 곧 내 경솔함을 뉘우쳤다.
사람이 죽었다는 데 대한 즉각적인 반응이 어떻게
그런 경망스러운 말장난일 수 있었을까.

나는 잠깐 실수로 내가 깊이 숨긴 야박한 인간성을
드러내 보인 것처럼 무안했다.
그래서 부랴부랴 막내 앞에서 표정을 가다듬으며
그게 정말이냐고 물어봤다.

"그럼, 흑과부 아줌마 아들한테 직접 들었는걸."

“저런, 안됐구나. 이러구 있을 게 아니라
엄마가 조문을 가봐야겠다.”

그러면서 수수한 옷으로 갈아입고 막내 보라는 듯이
봉투에 조의금까지 넉넉히 집어넣었다.
그러나 그건 어디까지나 내 무안감을 얼버무려보려는
허풍스러운 몸짓이었을 뿐
속마음은 흑과부가 진과부 됐군 하고
우스갯소리를 할 때와 조금도 다르지 않았다.

나는 흑과부 남편이 죽은 걸 조금도 놀라워하거나
동정하고 있지 않았다.

흑과부란 우리 동네의 어느 집과도 단골인
광주리장수 아줌마의 별명이었다. 아줌마는 광주리장사를
하는 사이사이 단골집의 허드렛일을 시원스레 거들었고
부탁만 하면 온종일 일을 봐주기도 했다.
그러니까 광주리장수와 날품팔이를 겸하고 있는 셈이었다.

이른 봄 산나물에서 시작해서 푸성귀, 과일, 옥수수
따위를 닥치는 대로 받아 이고 다니며 팔다가 겨울이면
김, 북어, 곶감, 엿 같은 걸 팔러 다녔다. 파는 방법은
거의 강매였다. 과부라는 게 큰 밑천이요 세도였다.

그녀는 누가 묻지도 않는데 우선 광주리를 내려놓고는
죽은 남편 욕부터 시작했다.

“오살을 할 놈, 자식만 내깔겨놓고 제놈만 편하게

돼져가지고, 계집은 이 고생을 시킨다니까.”

　그러면서 광주리 속에서 그녀의 상품을 제 마음대로

적당히 덜어냈다. 산나물이나 묵 같은 거면 아주 물에

담가까지 주고, 과일은 씻어서 냉장고에 넣어까지 주었다.

　상품은 가까운 경동시장에서 받아오는 것으로

싸구려로만 받아와서 그런지, 손질을 잘 못해서 그런지,

가게나 시장의 상품보다 때깔이 떨어지는 탐탁지 않은

거였으나 안 살 도리가 없었다.

식구가 많은 집엔 많게, 적은 집엔 적게 자기가 알아서
내놓았다.

돈이 없다는 핑계도 안 통했다.

"사모님도 참, 아 외상은 뭐 할려고 있는 줄 알아요?
아무리 내가 돈에 열벙거지 난 년이기로서니 딴 댁도
아니고 사모님이 맞돈 없댄다고 내가 이 좋은 딸기를
사모님 댁 애기들한테 한번 실컷 못 먹일 줄 알아요?"

이렇게 화까지 내면서 더 많이 덜어내놓기가 일쑤였다.
그러고는 으레 허드렛일 밀린 거 없냐고 물어왔다.
장사보다는 품팔이가 훨씬 낫다는 거였다.

품팔이는 배불리 얻어먹고 천원 벌이는 떼어놓은 당상인데
장사는 우선 배가 곯아 싫고, 남기도 하지만 밑질 때도 있어
종잡을 수가 없어서 싫다는 거였다.

그러나 막상 일을 시키려면 아침에 꼭 경동시장에 들러
아무 물건이라도 좀 받아가지고 와서 일하는 집에
강매를 하고서야 일을 시작했다.
그러니까 장사와 품팔이를 겸하려 들었다.

그러고도 온종일 투덜대며 일을 했다.
뭐니 뭐니 해도 장사가 낫지 하루 종일 이렇게
중노동을 하고 천원 남짓한 돈이 말이 되냐는 거였다.

“오살을 할 놈, 오살을 할 놈, 자식만 한 바가지

내깔겨놓고 저만 편하게 뒈져갖고 계집은 이 고생을

시킨다니까.

사모님 댁이니까 내가 큰맘 먹고 해드리지

딴 댁 같으면 국물도 없다구요.

장사를 하면 아무리 쉬엄쉬엄 놀면서 해도

하루 삼천원 벌이야 못 할라구.”

   아줌마의 이런 푸념이 듣기 싫어서 다시는 일을

시키지 말자고 벼르다가 일이 밀릴 만하면 와서

장사보다는 품팔이가 낫다고 빌붙으면 별수 없이

일을 시키게 됐다.

　장사를 마치고 돌아가는 길에 들러서 시원시원 쓰레기통도

비워주고, 마루 걸레질도 쳐주는 일도 있었다.

이렇게 시키지 않은 일을 했을 때는 아무리 돈을 주어도

받지 않았다.

아무리 돈에 열이 났어도 단골댁에서 그까짓

반나절품을 받겠느냐는 거였다.

그러면 또 별수 없이 다음날 일을 안 시킬 수가 없었다.

　이렇게 해서 어쩔 수 없이 아줌마한테 허드렛일을

시키는 집이 우리 이웃에도 네댓 집은 되었다.

　그러나 아줌마가 과부라는 것과 숭인동 돌산 위

판잣집에서 산다는 것 외에 아줌마의 근본이나 가족상황에

대해 자세히 아는 사람은 아무도 없었다.

그런 아줌마가 어느 날 갑자기 우리 동네로 이사를

오게 됐다.

　산동네의 판잣집들이 헐리는 대신 녹지대가 들어서는

불량지구 정비계획에 따라 아줌마는 집을 잃게 됐다.

대신 잠실 아파트 입주권을 준다니까 당장은

좀 고생스럽지만 결국은 잘된 일일 터인데도

아줌마는 어떻게 된 게 새카만 얼굴에 열이 잔뜩 올라

매일같이 욕만 하고 다녔다.

“오살을 할 놈, 오살을 할 놈, 지지리도 복도 없더니
돼지는 복 하나는 타고나갖고 계집년이 밥바가지
자식새끼 데리고 길거리에 나앉는 꼴 보기 전에
돼져버렸으니, 오살을 할 놈, 복도 좋아,
오살을 해도 시원치 않을 놈.”

이런 푸념이 듣기 지겨워서라도 그저 얼른 물건을
팔아주는 게 수였다.

우리도 과히 넉넉한 살림은 아니었는데도,
여자가 아줌마같이 될 수도 있다는 걸로 아줌마의 가난은
내 이해를 초월한 흉측한 악몽이었다.

아줌마가 지겨울수록 아줌마한테 허드렛일을 시키고

천여 원을 주는 일이나 물건을 팔아주고 물건값을 준다는

당연한 일조차 무슨 큰 적선이라도 베푸는 것 같은

아니꼬운 자비심을 가지고 하게 됐다.

그러나 세상인심은 나보다는 훨씬 넉넉하고 푸근해서,

한데 나앉게 된 아줌마에게 지하실을 집세 없이 내주겠다고

자청한 집이 있었던 것이다.

서마담이라고, 남편 없이 혼자 요정을 해서 꽤 넉넉한

살림을 하는 우리의 이웃으로, 역시 아줌마의 품팔이와

광주리장사의 단골집이었다.

과부 설움은 과부가 안다고 혼잣손으로 자식 기르고
사는 여편네끼리 도와가며 살자고 서마담이 말했다지만,
어둡고 습기 찬 지하실 방을 집세 내고 세들 사람은
없을 테니까 거저 빌려준답시고 힘드는 허드렛일이나
공짜로 시켜먹을 속셈이거니 하고 나는 짐작했다.

서마담네 지하실에는 방도 있었지만 중탄이 하루
예닐곱 개나 들어가는 연탄 보일러가 있어 겨울이면
그거 갈기가 힘들다고 식모가 안 붙어 있는 게
서마담의 커다란 고민거리였던 것이다.

그래서 아줌마는 바로 우리 이웃으로 이사를 오게 되고
동시에 그녀의 생활의 전모를 우리 앞에 드러냈다.

아이들이 넷에다가 놀랍게도 그녀에겐 남편이 살아 있었던
것이다.

　그녀의 남편은 겨우 지팡이에 의지해서 걸음을 옮길 만큼
깊은 병색이 들어 보였지만 아무튼 두 눈이 시퍼렇게
살아 있었던 것이다.
그런데도 아줌마에겐 무안쩍어하거나 겸연쩍어하는
기색이 조금도 없었다.

　“언제 숨넘어갈지 모르는 서방, 그까짓 서방 구실도
못 하는 서방 있으나 마나지 서방 있다고 쳐들 게
뭐 있대요? 난 과부라요, 과부. 벌써 몇 넌째 과부라요.”
　이러고 능청을 떨었다.

산전수전 다 겪어 사람 다루는 솜씨가 보통이 아닌

서마담도 아줌마의 뻔뻔스러움엔 질린 것도 같고

겁을 먹은 것도 같았다.

또, 세상에 인정도 많으셔, 복받을 양반이야,

암 복받을 양반이고말고, 하며 동네 사람들이 일제히

서마담을 추켜세우는 소리도 한몫 거들었으리라.

서마담은 아줌마에게 남편이 있다는 걸 탓하지 않고

그 여섯 식구를 지하실로 맞아들였다.

아줌마를 과부로 알 때는 아무도 아줌마를 과부라

부르지 않았는데 아줌마에게 남편이 살아 있는 걸

알고부터는 동네 개구쟁이들이 아줌마만 지나가면

과부, 과부 하고 수군대고 킬킬댔다.

과부가 다시 흑과부가 됐다. 아줌마 살갗이 유난히

까맣대서, 또 속셈이 시커멓대서 흑과부라는 거였다.

개구쟁이들이 지어 부르는 별명을 어느 틈에 어른들도

따라 부르고 요새 와서는 맞대놓고

흑과부라 부르고 있었다.

“흑과부, 내일 우리집에 배추 들어오는데 수고 좀

해주어야겠어.”

“어메, 교장 댁에도 내일 배추 들이신댔는데 어쩔고.
그래도 사모님 댁을 우선적으로 해드려야지, 안 그래요?
메뚜기도 한철이라더니만 요새 흑과부 바쁘다 바뻐.”

본인까지 이렇게 받아넘기게 됐다. 이런 흑과부를
아무도 사람대접 하지를 않았다.

그러나 경멸하는 것하고는 달랐다.

얼굴은 옹기 빛깔로 새까맣고, 가뜩이나 큰 키가 가슴을
늘 몽당치마의 치마끈으로 친친 동이고 있어 장대같이
멋대가리 없이 뻣뻣하고, 사시장철 여자 건지 남자 건지
분명치 않은 찌들고 헐렁한 윗도리를 걸치고,

입으론 끊임없이 욕지거리를 투덜대며 힘든 일을 척척
해내는 흑과부를 보고 있으면,
보통 인간의 희로애락과는 전혀 다른 감정세계를 가진
괴물 같은 느낌이 들곤 했다.

　희로애락뿐 아니라 상식적인 선악의 기준이나 성별,
연령, 용모의 미추가 사람에게 끼치는 영향으로부터도
초월한 것 같았다.

　그녀가 거울을 본다는 걸 상상할 수 없었고,
그녀가 울 수 있다는 걸 상상할 수 없었고,
그녀에게 어린 시절이나 꽃다운 시절이 있었다는 것도,
앞으로 늙으리라는 것도 상상할 수가 없었다.

아무도 그녀와 인간적인 감정의 교류를 위한 대화가
가능하다고 상상할 수도 없었다.
그런 의미로 그녀는 사람대접을 못 받고 있었다.

그녀가 서마담네 지하실로 이사를 오고 나서 서마담네
식모 입을 통해 그녀에 관한 갖은 소문이 다 났지만
그것 역시 그녀 일이고 보면 놀랄 일이 못 되었다.

그녀의 남편은 양쪽 폐가 다 결딴나 죽을 날만 기다리는
폐병쟁이라는 게 제일 먼저 난 소문이었다.
이사 오는 날 그녀의 남편을 본 사람은 누구나 속으로
그 정도의 진찰은 하고 있었기 때문에 신기할 것도 없는
소문이었다.

　이어서 그녀가 병든 남편을 얼마나 심하게 구박하나

하는 소문이 퍼졌다.

밥을 줄 때도 오살을 할 놈, 물 한 모금을 떠다주고도

오살을 할 놈, 이렇게 구박을 받으면서도

그녀의 남편은 아직도 살고 싶은 욕심을 못 버리고

파스니 나이드라지드니 하는 결핵약을

갓난애 젖 보채듯이 보챈다는 거였다.

그러면 그녀는 아스피린 같은 싼 약을 사다가 절구에

쿵쿵 찧어서 적당량을 봉지에 나누어 싸가지고

결핵약이라고 속여서 먹이는데, 그것도 충분히 주는 게

아니라 정 보챌 때 겨우겨우 돈 마련해 사온 것처럼

조금씩만 주면서 오살을 할 놈, 오살을 할 놈,

밥 벌어먹이기도 뼛골이 빠져 죽겠는데 이런 비싼 약을

무슨 수로 대란 말이냐고 들입다 공갈을 치면서

먹인다는 거였다.

그러면 병든 남편은 그 가짜약을 감지덕지 눈물을

주룩주룩 흘리면서 받아먹고 나서 여보 미안해,

내 어떡하든지 병 고쳐가지고 당신 편히 먹여살릴게,

호강도 시켜줄게, 한다는 거였다.

들을수록 끔찍한 소리였다.

　그런 그녀의 남편이 죽었다는 거였다. 오래 버틴

셈이었다.

나는 조의금 봉투를 스웨터 주머니에 끼고서 마담네
마당을 돌아 뒷마당으로 갔다.
뒤꼍에 지하실로 내려가는 계단이 있었다. 계단 입구는
열려 있었고, 그 속은 어두웠고 눈물이 나도록 자극적인
냄새가 피어오르고 있었다.

나는 이유가 분명치 않은 두려움을 느끼고 뒷걸음질을
쳤다. 그 속의 어둠은 아가리를 벌리고 있는 무덤의 어둠처럼
이 세상 어둠 같지가 않았다.

나는 조금도 마음에서 우러나지 않은, 순전히
막내한테 보이기 위한 제스처에 불과한 문상을
이미 후회하고 있었다.

그대로 돌아가고 싶었다.

그런데 마침 서마담네 식모한테 내 모습을 들키고
말았다.

"어머머, 혁이 엄마가 여기 웬일이세요?"

식모애는 눈을 똥그랗게 뜨고 내가 거기서 서성대는
걸 이상해했다.

"수남이 아버지가 돌아가셨다며? 너무 놀랍고 안돼서,
수남이 엄마를 좀 위로하려고……."

나는 울상을 하고도 제법 고상하게 꾸며댔다.

"네, 어젯밤에 죽었다나 봐요. 그래도 친척이고

동네 사람이고 아무도 와보는 사람이 없지 뭐예요.

폐병쟁이는 죽을 때 자기 몸의 병균을 모조리 밖으로

내뿜고 죽는다면서요? 아마 그래서 겁을 내고 아무도

안 와볼 거예요.

그래서 우리 아주머니가 벌써 소독하는 사람 불러다

구석구석 소독을 시켰는데 우리 아주머니도 소독 끝나고

나서 한참 있다 들어가보시고 나가셨어요.

그러니까 혁이 엄마도 지금 들어가보셔도 상관없어요.

어서 들어가보세요."

식모애는 생글생글 웃으며 자꾸만 들어가라고 나를

그 어두운 동굴로 들이몰았다.

나는 별수 없이 엉금엉금 지하실 계단을 내려갔다.

내려가서 골목 같은 통로를 지나 꼬부라지니까 촉수

낮은 전깃불이 켜져 있는 넓은 헛간 같은 데가 나왔다.

역시 불이 켜진 방이 보이고 비교적 정갈한 부엌도

보였다.

아줌마는 싱싱한 팔뚝을 걷어올리고 빨래를 하고 있었다.

비록 찌들었을망정 화려한 진분홍 바탕에

노랑고 흰 꽃을 미싱 자수한 캐시밀론 이불을 시멘트 바닥에

멍석처럼 활짝 펴놓고 북북 솔질해 빠는 모습과,

내가 평소 품고 있는 상가의 이미지와의 엄청난 위화감을

어떻게도 처리할 수가 없어 나는 그저

멍청히 서 있었다.

다만 그녀의 팔뚝의 싱싱함과 이불의 진분홍이

몸서리가 나게 지겨웠다.

그녀가 느릿느릿 허리를 펴더니 먼저 말을 시켰다.

"그 오살을 할 놈이 어젯밤에사 겨우 뒈졌다요."

표정 없이 담담하게 말했다.

나는 입 속에서 간신히 몇 마디 중얼대며 조의금을

내놓았다.

그녀는 물건 팔고 돈 받을 때처럼 당연하게 그것을

받아, 입고 있는 커다란 앞치마 주머니에 꾸겨 넣었다.

나는 부랴부랴 그곳을 도망쳐나왔다.

　나오다 보니 헛간 한쪽 구석에 가마니를 깔고 소년

같기도 하고 청년 같기도 한 젊은이들 대여섯 명이

화투를 치고 있었다.

요새 공장의 견습공으로 들어갔다는 그녀의 맏아들과

그의 친구들이었다.

그 조그만 노름판이 상가다운 유일한 구색이었다.

  집에 돌아오니 막내가 엄마 울었지 하고 근심스러운 듯이
내 눈치를 살폈다. 소독약 냄새가 지독하더니
아직도 눈이 아팠다.

나는 그럼, 수남이 그 어린 게 아빠 없는 애가 된 걸 보고
눈물이 안 날 수 있니, 하고 거짓말을 했다.
그리고 나서 심한 부끄러움을 느꼈다.

  흑과부가 진짜 과부가 되고 나서도 그녀에 대한 지겨운
소문은 그치지 않았다. 산동네서 집이 헐린 사람은
잠실 아파트 입주권을 주는데 입주금 마련도 어려운
사람들은 언 발등에 오줌누기로 우선 입주권을 팔아서
쓰고 본다는 거였다.

그런데 아줌마는 입주금을 제일 먼저 마련해들였다는

소문이었다.

흑과부가 입주금 마련도 어려운 극빈자 속에 포함되지

않았다는 사실이 우리 인심 좋은 이웃들에게 안겨준

배신감은 엄청난 것이었다.

여직껏의 그녀와의 거래를 크나큰 자선처럼 느꼈고,

몰수할 수 있는 거라면 베푼 자선에 이자라도 붙여서

몰수하고픈 심정이었다.

“아유, 말도 말아요. 흑과부 애기라면 소름 끼쳐요.

세상에 그년이 인제 벌을 받아도 천벌을 받지, 그렇게 약 먹고 살고 싶어 하는 남편을 아스피린도 아까워 밀가루를 섞어 멕이면서 그만한 목돈을 꿍쳐놓았으니 그게 사람이유? 인두겁이 아깝지, 아유 끔찍해.”

“밀가루를 섞어 먹였다지만 누가 알우, 독약을 조금씩 섞어 먹여 줘였는지. 그년이라면 그만 일은 실컷 저지르고도 남지. 아유, 징그러워.”

아무리 수군대도 울분이 가시지 않았다.
우리의 착하고 인정 많은 이웃들은 이런 울분이 절대로 사사로운 감정이 아니라 적어도 의분(義憤)이라고 생각했다.

그래서 마침내 이 의분을 어떻게 정당한 방법으로
행동화할 것이냐를 의논했다. 의논은 쉽게 모아졌다.
앞으로 흑과부 물건을 사지도 않고, 일거리도 주지
않기로.

우리집을 포함해서 흑과부에게 단골로 힘든 일을
시키딘 집들이 일제히 파출부를 알선하는 모 여성단체에
등록을 하고 앞으론 파출부를 쓰기로 했다.

써보니 파출부는 교양도 있고, 말수도 적고,
시간관념도 철저해 어느 모로 보나 흑과부보다 나았다.

그런데도 나는 어느 틈에 흑과부 생각을 하고 있었다.

아무리 힘든 일을 시켜도 안쓰럽지 않던 장사 같은

흑과부 생각이 굴뚝같을 때가 많았다.

흑과부가 경동시장에서 받아다가 강매하다시피 하던

과일이나 푸성귀 생각까지 나기 시작했다.

때깔은 가게 것만 못했지만 과일도 푸성귀도

제맛을 지닌, 어딘지 어릴 적 고향 것 같은 것이었다.

그녀가 그것들을 얼마나 작은 이익밖에 안 붙여먹고

팔았나도 차츰 깨닫게 된 것이다.

우리 이웃의 몇 집이서 그녀를 배척하건 말건 그녀는

여전히 허구한 날 광주리를 이고 다녔고 품팔이도 다녔다.

그 뻔뻔스러움과 그 기운과 그 넉살 갖고 단골 몇 집

떨어졌다고 기가 죽거나 일거리에 궁색할 흑과부가

아니었다.

　김장 때가 됐다. 작년에 흑과부 솜씨로 처음 맛본

쪽파김치의 짭짤한 감칠맛이 되살아나면서

흑과부를 다시 부르고 싶은 마음을 억제할 수가 없었다.

　그러면서도 여러 이웃 중에서 내가 제일 먼저

흑과부를 다시 불러들일 용기는 나지 않았다.

　어느 날, 김장독을 미리 묻으려고 아이들과 함께 땅을

파는데 서툴러서 힘만 들고 도무지 능률이 나지 않았다.

밖에서 놀다 들어온 막내가 이상한 듯이 물어봤다.

"엄마 왜 흑과부 아줌마 안 시켜? 이까짓 거 흑과부 아줌마라면 당장 해줄 텐데. 어저께 철이네는 흑과부 아줌마가 큰 독을 혼자서 셋이나 묻어주던데……."

"뭐 철이네를?"

철이 엄마도 우리와 함께 흑과부 배척운동에 참가한 우리의 이웃이었다.

"응, 오늘은 난이네서 총각무 다듬던데. 엄마, 우리도 총각깍두기는 그 아줌마더러 해달래.

작년처럼 맛있게 먹게."

난이 엄마도 흑과부 배척운동의 한 멤버였다.

그러나 나는 이미 철이 엄마도 난이 엄마도 원망스럽지
않았다.
오히려 나도 이제 아무의 눈치도 볼 것 없이 흑과부를
다시 불러들일 수 있게 된 걸 다행해하고 있었다.

우리가 김장을 들이던 날, 나는 내가 가기가 겸연쩍어
막내를 보내 흑과부를 불렀다. 흑과부가 곧 따라올 줄
알았는데 막내만 와서 이상한 소리를 했다.

“조금 있다 온대.”

“왜, 뭐 하디?”

“아니.”

“그럼 그 아줌마가 우리집에 오는 게 싫은 눈치딘?”

“아니, 그 아줌마가 글쎄, 큰 소리로 엉엉엉 울고
있었어. 혼자서.”

“뭐, 아줌마가 울어?”

나는 그녀가 왜 울고 있나 그 까닭이 궁금하기 전에
우선 푹 하고 웃음이 먼저 터졌다.

"정말이야, 엉엉엉 아이들처럼 큰 소리로 울었단 말야.
이따 오면 봐. 눈이 퉁퉁 부었을 테니."

그래도 나는 흑과부가 우는 건 상상할 수가 없었다.

그녀는 곧 오지 않고 내가 혼자서 배추를 반 이상
다듬은 연후에야 왔다. 정말 눈이 퉁퉁 부어 있었다.
나는 또 웃음부터 나려는 걸 가까스로 참았다.

"어디가 아팠어요?"

“사모님도, 누굴 어린앤 줄 알아요? 아프다고 울게.”

“그럼…….”

나는 남편 죽은 날 예사롭게 빨래를 하던 그녀의
싱싱한 팔뚝과 진분홍 캐시밀론 이불 생각이 나면서
더욱 그녀가 울었다는 게 믿어지지 않았다.

그녀는 내가 여직껏 본 일이 없는 심란한 얼굴로
배추를 다듬으며 차분히 이야기를 시작했다.

“아파트를 다 지었잖아요.

집 헐어가고 대신 주는 아파트 말예요. 제비를 뽑았는데 운수가 터지느라고 남향에다가 삼층으로 걸렸지 뭐예요. 층수야 그까짓 거 어찌 됐든지 서향이나 북향이 걸리면 집값이 형편없어진다는데 무슨 복으로 남향에다 삼층이 걸렸는지. 제일 값나가는.”

“팔 건가요?”

“팔긴요?”

내가 무심히 물어본 말을 그녀는 충혈된 눈을 무섭게 부릅뜨며 부정했다.

60

“아니, 그게 어떻게 장만한 내 집이라고 팔아요.

그거 장만하느라고 겪은 고역을 다 주워섬기면 아마

얘기책 수십 권이라도 모자랄 건데.

어찌 됐든 내 자식새끼들만은 제대로 된 집 같은 집에

한번 살아보게 하려고 내가 한번 결심 세우고 나서,

이를 악물고, 뼛골이 빠지고, 피눈물 흘린 건 말도

못 해요. 그래서 장만한 내 집을 누구 맘대로 팔아요?”

“내가 말을 잘못했나봐. 그럼 곧 이사를 가겠네.

섭섭해서 어쩌지?”

“사모님도, 이사 가려면 아직 멀었어요.”

“다 지었다며?”

“그렇지만 아직이야 무슨 팔자로 그런 으리으리한
양옥집에 들어가 살 수가 있겠어요. 아직 멀었어요.
다달이 부어나가야 할 돈도 자그만치 만이천원씩이나
되는걸요. 그래서 세를 놓았지 않았나 봐요.

워낙 자리가 좋으니까 말이 그렇지 남향에다 삼층이면
하늘에 별 따기지 흔한 게 아니라구요. 올해 우리 운수가
대통을 했으니까 그런 자리가 잡혔지. 그래 참, 워낙
자리가 좋으니까, 집세도 제대로 받고 잡을 손도 빠르데요.
신혼부부가 집세 이만원에 단박 세를 들었지 뭐예요.

접때 그거 계약하느라고 갔을 때만 해도 도배도 안 하고
해서 그저 그렇더니만 어제 그 사람들이 이사를 온다고
하길래 보증금도 마저 받을 겸 해서 갔더니만……."

별안간 입가가 씰룩씰룩하더니 눈에서 닭똥같이
탐스러운 눈물이 뚝뚝 떨어졌다.
그래도 나는 그녀가 왜 우는지를 알 수가 없었다.

"사모님도 아시다시피 요새 김장철이라 내가 보통
바빠요? 맘대로 했으면 대목 만났을 때 이까짓 몸뚱이,
열동강이라도 내고 싶지만 그럴 수도 없고.

어저께도요 아래 단골 댁에서 김장을 밤늦게까지
해드리고 아파트로 갔더니만 두 내외가 이삿짐을 벌써
다 제자리에 놓은 후라 이사 온 집 같지도 않습디다.
사람도 새 사람, 세간도 새 세간, 집도 새 집.

세상에 우리집, 그거, 무슨 집이 그렇게 탄탄하고,
아담하고, 예쁘고 편리하대요? 그림책에서나 봤지
처음 봤다니까요.

이게 바로 내 집이다고 생각하니까 꿈인가 생신가
종잡을 수 없이 기쁘면서도, 두 내외가 요렇게 찰싹
정분 좋게 붙어앉아서 테레비 구경을 하고 있는 걸
보니까,

세상에 어떤 사람은 저렇게 깨가 쏟아지게 재미난
세상을 사나 싶으면서 가슴에서 무슨 불덩이 같은
뜨거운 게 불끈 치솟으면서 들입다 눈물이 쏟아지는데
아무튼 그 두 내외가 내 통곡 달래느라고 애를 먹어도
이만저만 먹지 않았다구요.

겁나게 울었는데도 응어리가 여적지 들 풀려갖고
오늘 아침 내내 울었는데도 가슴이 이렇게 답답하니.
하기사 알짜 응어리야 운다고 풀리겠소.
사모님도 앞으로 지켜보시겠지만 난 아무래도 앞으로
형편이 피어도 그 좋은 집에 서방도 없이 나 혼자
들어가 절대로 안 살아요.

어차피 내 자식들 집 없는 고생 안 시키려고 장만한
집이니까, 아들 장개나 들거든 저희끼리 들어가 살라고
할 거구먼요.

우리 서방 복도 지지리도 없지. 그 양지바르고 깨끗한
새 집에서 단 하루라도 살다가 죽었어도 내 가슴에 이렇게
못이 박히진 않았으련만. 정말 두고 봐요, 사모님.
나 절대로 그 좋은 집에 들어가 살지 않을 테니까.
허구한 날 눈물이 쏟아져서라도 못 살 테니까.

아유 내 꼴 좀 봐. 집 하나 생겼다고 큰 부자라도
된 것 모양 제일 먼저 서방 생각부터 하고 있으니,
주책이야 주책.

우리집 서마담이 맨날 이 서방 저 서방 갈아들이는 걸
짐승만도 못하게 알았더니만 내 꼴 좀 보게.
세상에 망측해라.”

　그러면서 울다 웃다 했다. 나는 이런 흑과부를 무참한
마음으로 지켜볼밖에 없었다.

　그후 흑과부는 다시 우리집에 드나들게 됐고 다시는
눈이 부어서 오는 일도 없게 됐다.
여전히 시원시원 힘드는 일을 잘했고, 시시한 물건을
강매하는 버릇도 여전했다.
달라진 건 흑과부 쪽이 아니라 나였는지도 모른다.

말로 표현은 안 했지만 흑과부에게 일을 시키고 품삯을
줄 때, 자선을 베푼다는 엉뚱하고도 아니꼬운 생각을
다시는 안 하게 된 것이다.

　어느 날 나는 흑과부에게 빨래를 시키고 외출을 했다
돌아왔다. 급하게 화장실 문을 열다 말고 나는 깜짝 놀랐다.
우리집은 화장실과 욕실 사이에 칸막이가 없이 비좁나.
흑과부가 마침 목욕을 하고 있었다.

　"더운물이 콸콸 쏟아지길래 굵은 때만 대강 민다는 게
어찌나 때가 많은지 그만 사모님한테 들키고 말았구만요.
사모님 어서 들어와 일 보시이소. 같은 여자들끼리 뭘
그래요?"

나는 일이 급했기 때문에 그녀가 하라는 대로 했다.

사시장철 치마끈으로 꽁꽁 동여맨 납작한 가슴 속에
그렇게 아름다운 젖무덤이 감춰져 있으리라곤
누가 감히 상상이나 했겠는가.

흑과부의 속살은 매력적으로 검고, 피부는 섬세하고,
가슴은 풍부했다. 그러나 그런 아름다움엔 뭔가
개척되지 않은 처녀지(處女地) 같은 생경함이 있었다.

그 아름다움, 그 생경함은 그녀의 눈물보다 훨씬
충격적으로 내 아둔한 의식을 때렸다.

나는 쇠뭉치로 골통을 한 대 얻어맞은 것처럼

정신이 번쩍 나면서도 얼떨떨했다.

　가난이란 그녀가 혼자서 감당하고 싸워나가기엔

얼마나 거대하고 공포로운 악(惡)이었을까?

혼자서라니!

　광 속에 천 장의 연탄과 연탄 보일러로 물이 데워지는

작은 욕실이 있는 집 속에 안주한 나의 안일한 소시민성에

이제서야 그것이 쇠망치 같은 충격이 되어 부딪쳐온

것이다.